COLLEC

Mikhaïl Boulgakov

Endiablade

ou
Comment des jumeaux
causèrent la mort d'un chef de bureau

*Traduit du russe
par Françoise Flamant*

Gallimard

Titre original :

DIAVOLIADA

Né à Kiev en Russie en 1891, Mikhaïl Boulgakov est le fils d'un professeur de théologie. Il suit des études de médecine et exerce comme médecin sur le front en 14-18, puis devient journaliste à Moscou à partir de 1920. Il collabore à *Goudok (Le Sifflet de locomotive)*, la revue des cheminots, et publie des textes fantastiques qui se révèlent être de violentes satires de la société soviétique et de la NEP, comme *Endiablade* (ou *La Diaboliade*). *Les Œufs du Destin*, en 1925, une nouvelle fantastique, dénonce les traits effrayants d'un monde bureaucratique de savants fous. La même année paraît *Cœur de chien*, dans lequel un simple chien transformé en être humain est nommé à un poste de fonctionnaire ! En 1926, *Les Jours des Tourbine*, l'adaptation théâtrale de son roman sur la guerre civile en Ukraine, *La Garde blanche*, remporte un immense succès et sera jouée pendant plusieurs décennies à Moscou. Malgré ce succès, ses pièces suivantes sont interdites par la censure ou éreintées par la critique. Réduit au silence, Boulgakov tente de quitter l'URSS en 1930, mais il est nommé à un poste subalterne au Théâtre d'art de Moscou où il reste jusqu'à la fin de sa vie. Il meurt le 10 mars 1940. Vingt-six ans plus tard, paraît, avec des coupures, son roman *Le Maître et Marguerite*, écrit entre 1928 et 1940. Cette œuvre, sans doute la plus connue de Boulgakov, retrace la vie des Moscovites, dans les années 1920-1930, bouleversée par l'apparition du Diable. Aujourd'hui, sa maison natale à Kiev est devenue un musée. Posthume aussi, *Le roman de Monsieur Molière* dans lequel Boulgakov nous fait partager sa passion pour l'œuvre du dramaturge.

À sa mort, les conditions étaient réunies pour que naisse un mythe : peu à peu sortirent de l'ombre des ouvrages dont la somme constitue le plus assourdissant démenti à toutes les formes de pessimisme. À mesure qu'elle était révélée, l'œuvre de Boulgakov — instrument de la libération intérieure d'un écrivain isolé, muselé, persécuté — apparaissait comme un acte de foi dans les plus hautes valeurs humaines.

Découvrez, lisez ou relisez les livres de Mikhaïl Boulgakov :

LE ROMAN DE MONSIEUR MOLIÈRE (Folio n° 2454)

LES ŒUFS DU DESTIN (Folio Bilingue n° 116)

I

L'ÉVÉNEMENT DU 20

À l'époque où les gens étaient toujours en train de sauter d'un emploi à un autre, le camarade Korotkov jouissait d'une position stable au Glavtsentrbazspimat (Premier Dépôt central de matériel pour allumettes), où il était chef de bureau titulaire, et cela depuis onze mois entiers.

Bien au chaud dans son Spimat, le tendre, paisible et blond Korotkov était parvenu à évacuer complètement l'idée qu'il existait en ce monde ce que l'on appelle des revirements du destin, et l'avait remplacée par la conviction que lui, Korotkov, conserverait son emploi au Dépôt jusqu'à la fin de sa vie terrestre. Hélas ! il devait en être tout autrement...

Le 20 septembre 1921, le caissier du Spimat se coiffa de son horrible toque à oreillettes, rangea dans sa serviette une ordonnance de paiement sur papier rayé et s'en alla. Cela se passait à 11 heures du matin.

Le caissier revint à 16 h 30 complètement trempé. Sitôt arrivé, il secoua l'eau de sa toque, posa celle-ci sur sa table, sa serviette sur sa toque, et dit :

« Ne poussez pas, messieurs dames. »

Ensuite il fourragea, on se demande pourquoi, dans le tiroir de sa table, quitta la pièce et revint un quart d'heure plus tard avec le cadavre d'une grosse poule à qui l'on avait tordu le cou. Il mit la poule sur sa serviette, sur la poule sa main droite, et proféra ces mots :

« Il n'y aura pas d'argent.

— Demain, alors ? crièrent les femmes d'une seule voix.

— Non » — le caissier secoua la tête —, « demain non plus ni après-demain. Ne poussez pas comme ça, messieurs dames, vous allez me renverser ma table, camarades.

— Quoi ? s'écria l'assistance, y compris le naïf Korotkov.

— Citoyens ! » — les conjura le caissier d'une voix plaintive en écartant Korotkov d'un coup de coude, — « enfin voyons, je vous en prie ! »

— Mais comment se fait-il ? » cria l'assistance et ce ridicule de Korotkov plus fort que les autres.

« Voyez vous-même », grogna le caissier d'une voix enrouée ; et tirant l'ordonnance de sa serviette, il la montra à Korotkov.

À l'endroit désigné par l'ongle sale du caissier il était écrit, en travers du papier, à l'encre rouge : *Bon pour paiement. Pour le cam. Soubbotnikov, Sénat.*

Au-dessous, il y avait écrit à l'encre violette : *Pas d'argent. Pour le cam. Ivanov, Smirnov.*

« Quoi ? » s'écria tout seul Korotkov, tandis que les autres, le souffle rauque, tombaient sur le caissier.

« Seigneur, Seigneur ! gémit ce dernier éperdu. Qu'est-ce que j'y peux, moi ! Ah mon Dieu ! »

Il remit précipitamment l'ordonnance dans sa serviette, se coiffa de sa toque, fourra sa serviette sous son bras, leva sa poule en l'air et, au cri de « Laissez passer s'il vous plaît ! », s'ouvrit une brèche dans la muraille vivante, passa la porte et disparut.

La préposée aux enregistrements, toute pâle, poussa un cri aigu et se lança à sa poursuite sur ses talons aiguille ; son talon gauche se cassa avec un bruit sec juste comme elle passait la porte ; elle chancela, leva le pied et ôta sa chaussure.

Et elle resta dans la pièce avec un pied déchaussé, ainsi que tous les autres y compris Korotkov.

II

LES PRODUITS DE LA FIRME

Trois jours après cet événement, la porte du local séparé où travaillait le camarade Korotkov s'entrouvrit, et une tête de femme en pleurs lui dit d'un ton furieux :

« Camarade Korotkov, allez toucher votre salaire.

— Quoi ? » s'écria Korotkov ravi ; et tout en sifflotant l'ouverture de *Carmen*, il courut vers le bureau surmonté de l'inscription : *Caisse*. Devant la table du caissier, il s'arrêta et ouvrit tout grand la bouche. Deux épaisses colonnes constituées de paquets jaunes s'y élevaient jusqu'au plafond. Pour couper court à toute question, le caissier inondé de sueur et violemment ému avait punaisé sur le mur l'ordonnance de paiement qui portait maintenant une troisième mention à l'encre verte :

Payer en produits de la firme.
Pour le cam. Bogoïavlenski : Preobrajenski.
Lu et approuvé, Kchessinski.

Korotkov quitta le caissier, le visage épanoui dans un sourire idiot. Il avait dans les mains quatre grands paquets jaunes, cinq petits paquets verts, et dans les poches treize boîtes d'allumettes bleues. Revenu dans son bureau, et tout en prêtant l'oreille à la rumeur de stupéfaction qui grondait dans le secrétariat, il enveloppa les allumettes dans deux vastes pages du journal du jour et, sans rien dire à personne, quitta son travail et rentra chez lui. En sortant du Spimat, il faillit passer sous une automobile qui amenait un visiteur, mais Korotkov ne put distinguer qui était le passager.

Arrivé chez lui, il déballa les allumettes sur sa table et prit un peu de recul pour les admirer. Le sourire idiot n'avait pas quitté son visage. Puis il ébouriffa ses cheveux blonds et se dit à lui-même :

« Bon, inutile de se lamenter plus long-temps. Essayons de les vendre. »

Il frappa chez sa voisine, Alexandra Fiodorovna, une employée du Goubvins-klad[1].

« Entrez », lui répondit de l'intérieur une voix atone.

Korotkov entra et s'arrêta, médusé. Reve-nue de son travail plus tôt que de coutume, Alexandra Fiodorovna était accroupie sur le sol en manteau, avec son chapeau sur la tête. Devant elle se dressait une rangée de bouteilles bouchées avec du papier journal et remplies d'un épais liquide rouge. Le visage d'Alexandra Fiodorovna portait des traces de larmes.

« Il y en a quarante-six, dit-elle en se tournant vers Korotkov.

— C'est de l'encre ?... Bonjour, Alexan-dra Fiodorovna, dit Korotkov abasourdi.

1. Abréviation signifiant « Dépôt régional des vins ».

— Du vin de messe, rectifia la voisine en reniflant.

— Comment, vous aussi ? articula Korotkov.

— Vous aussi, vous avez eu du vin de messe ? s'étonna Alexandra Fiodorovna.

— Nous, ce sont des allumettes », répondit Korotkov d'une voix éteinte en tortillant un bouton de sa veste.

« Mais elles ne brûlent pas, vous savez ! » s'écria Alexandra Fiodorovna en se relevant et en secouant sa jupe.

« Comment ça, elles ne brûlent pas ? » Korotkov, effrayé, se précipita dans sa chambre. Là, sans perdre une minute, il s'empara d'une boîte, en fit craquer l'emballage et frotta une allumette. Celle-ci grésilla, émit une flamme verdâtre, se cassa et s'éteignit. Korotkov, suffoqué par une âcre odeur de soufre, toussa comme un malheureux et en alluma une seconde. Celle-là partit d'un coup sec et produisit deux étincelles. La première tomba sur la vitre de la fenêtre, la seconde dans l'œil gauche du camarade Korotkov.

« A-ah ! » cria-t-il en laissant tomber la boîte.

Pendant quelques instants, il remua les jambes comme un cheval fougueux, la paume de la main appliquée contre son œil. Puis il jeta un regard terrifié sur la petite glace qui lui servait à se raser, persuadé que son œil était perdu. Mais l'œil était à sa place, rouge et larmoyant il est vrai.

« Ah mon Dieu ! » s'affola Korotkov, et sur-le-champ il s'en fut prendre dans sa commode un paquet individuel de pansements américains, l'ouvrit et se banda la partie gauche de la tête, ce qui le fit ressembler à un blessé de guerre.

Toute la nuit, Korotkov laissa sa lampe allumée et, couché dans son lit, craqua des allumettes. Il en craqua de la sorte trois boîtes, sur lesquelles il réussit à allumer soixante-trois allumettes.

« Elle dit n'importe quoi, cette idiote, grommelait-il. Elles sont excellentes, ces allumettes. »

Au matin, la chambre était remplie d'une

étouffante odeur de soufre. Korotkov s'endormit à l'aube et fit un rêve terrible, sans queue ni tête : il était dans un pré vert, en présence d'une énorme boule de billard vivante et munie de jambes. C'était tellement hideux qu'il poussa un cri et s'éveilla. Dans le noir et la brume où il était, il lui sembla pendant encore au moins cinq minutes que la boule était là, à côté de son lit, et qu'elle répandait une forte odeur de soufre. Mais ensuite tout cela disparut ; Korotkov se retourna sur l'autre côté, s'endormit, et cette fois ne se réveilla pas.

III

APPARITION DU CHAUVE

Le lendemain matin, Korotkov fit glisser son bandage et constata que son œil était presque guéri. Toutefois l'hyperprudent Korotkov décida de ne pas ôter encore son pansement.

Arrivé au bureau avec un solide retard, le malin Korotkov, peu désireux de susciter des racontars parmi les employés subalternes, gagna directement son local ; il y trouva, sur sa table, une note par laquelle le directeur de la sous-section des fournitures complémentaires demandait au directeur du Dépôt si les dactylos toucheraient une tenue de fonction. Ayant terminé (de son œil droit) cette lecture, Korotkov, le papier à la main, emprunta le couloir qui conduisait chez le directeur du Dépôt, le cam. Tchekouchine.

Et très exactement devant la porte du cabinet directorial, Korotkov se heurta à un inconnu dont l'aspect le frappa.

Cet inconnu était si petit qu'il arrivait à peine à la ceinture du grand Korotkov. Le défaut de hauteur était compensé chez lui par l'extraordinaire largeur des épaules. Son tronc carré était planté sur des jambes torses ; en outre il boitait de la jambe gauche. Mais le plus remarquable était sa tête. Elle se présentait comme l'exacte et gigantesque reproduction d'un œuf posé sur le cou à l'horizontale, le bout pointu tourné vers l'avant. Elle était chauve également comme un œuf, et si brillante que des ampoules électriques brillaient en permanence sur le crâne de l'inconnu. Son minuscule visage était rasé de si près qu'il en paraissait bleu, et ses petits yeux verts, pas plus gros que des têtes d'épingle, étaient profondément enfoncés dans les orbites. Le buste de l'inconnu était revêtu d'une tunique militaire déboutonnée en drap de couverture gris, laissant apparaître la chemise ukrainienne brodée qu'il portait dessous ; ses jambes étaient couvertes d'un pantalon de même tissu, et il était chaussé de courtes bottes échancrées comme en portaient les hussards du temps d'Alexandre Ier.

« Drôle de type », pensa Korotkov, et il fonça vers la porte de Tchekouchine en essayant d'éviter le chauve. Mais celui-ci lui barra le passage de la façon la plus inattendue.

« Qu'est-ce que vous voulez ? » demanda le chauve à Korotkov d'une voix telle que le nerveux chef de bureau en eut le frisson. Cette voix était exactement celle qu'aurait eue une bassine de cuivre, et se distinguait par un timbre qui, à chaque mot qu'on l'entendait prononcer, donnait la sensation d'un fil de fer barbelé vous caressant l'épine dorsale. De plus, Korotkov eut l'impression que les paroles de l'inconnu sentaient les allumettes. En dépit de tout cela, l'imprévoyant Korotkov fit ce qu'il n'aurait jamais dû faire, il s'indigna.

« Hm... C'est un peu fort. J'apporte un papier... Qui êtes-vous, si je puis me permettre ?

— Vous ne voyez pas ce qui est écrit sur la porte ? »

Korotkov regarda la porte et y vit l'inscription qu'il y avait toujours vue : *Défense d'entrer sans être annoncé*.

« Justement j'apporte une annonce », dit sottement Korotkov en montrant son papier.

Le chauve carré se mit subitement en colère. Ses petits yeux lancèrent des éclairs jaunâtres.

« Camarade », fit-il en assourdissant Korotkov de sa voix de casserole, « êtes-vous à ce point demeuré que vous ne comprenez pas le sens des avis les plus simples concernant le service ? Franchement, je suis surpris que vous ayez pu vous maintenir ici jusqu'à ce jour. Il se passe d'ailleurs beaucoup de choses intéressantes dans votre maison : par exemple ces yeux pochés que l'on rencontre à chaque pas. Mais cela n'est rien, nous aurons tôt fait d'y mettre bon ordre. ("A-

ah !" gémit Korotkov en son for intérieur).
Donnez-moi ça ! »

Là-dessus, l'inconnu arracha le papier des
mains de Korotkov, le lut d'un coup d'œil,
extirpa de sa poche de pantalon un crayon-
encre tout rongé, appliqua le papier
contre le mur et y traça quelques mots en
diagonale.

« Rompez ! » rugit-il en restituant le papier à Korotkov d'un geste si brusque qu'il
faillit lui crever son deuxième œil. La porte
du cabinet hurla sur ses gonds et engloutit
l'inconnu, tandis que Korotkov restait cloué
sur place de stupéfaction : Tchekouchine
n'était pas dans le cabinet.

Fort gêné, Korotkov reprit ses esprits, au
bout de trente secondes, en rentrant de
plein fouet dans Lidotchka de Runy, la
secrétaire particulière du c. Tchekouchine.

« A-ah ! » articula le c. Korotkov. Lidotchka avait l'œil bandé avec le même pansement individuel que lui ; la seule différence
était que les deux bouts de sa bande étaient
coquettement noués.

« Qu'est-ce que vous avez là ?

— Les allumettes ! répondit Lidotchka avec irritation. Ces allumettes du diable.

— Qui c'est, celui-là ? l'interrogea tout bas Korotkov, atterré.

— Comment, vous ne savez pas ? chuchota Lidotchka, c'est le nouveau.

— Quoi ? Et Tchekouchine ? piailla Korotkov.

— Il a été viré hier », dit Lidotchka avec hargne, puis elle ajouta, en pointant le doigt dans la direction du cabinet : « Un drôle de coco, celui-là. Un vrai numéro. Jamais encore je n'ai vu un type aussi infect. Il faut l'entendre gueuler ! "Vous êtes révoqué !"... Espèce de caleçon chauve ! » — ajouta-t-elle à brûle-pourpoint, si bien que Korotkov la regarda avec des yeux écarquillés.

« Comment s'app... »

Il n'eut pas le temps de terminer sa question. Derrière la porte du cabinet, la voix terrible gronda : « Coursier ! » Le chef de bureau et la secrétaire s'envolèrent instantanément dans des directions différentes.

Lorsqu'il eut atterri dans son bureau, Korotkov s'assit à sa table et se tint à lui-même ce discours :

« Aïe, aïe, aïe... Allons, Korotkov, te voilà bien. Il va falloir rattraper ça... "Demeuré"... Hum... Quel toupet... C'est bon ! Tu vas voir si Korotkov est un demeuré, tu vas voir. »

Et, de son œil unique, notre chef de bureau lut les mots griffonnés en travers du papier par le chauve : *Les dactylos ainsi que tout le personnel féminin toucheront en temps utile des caleçons de l'armée.*

« Çà alors ! C'est génial ! » s'exclama Korotkov ravi, et il frissonna voluptueusement en se représentant Lidotchka revêtue de caleçons de l'armée. Il s'empressa de prendre une feuille blanche et rédigea en trois minutes les lignes que voici :

TÉLÉGRAMME TÉLÉPHONÉ.

DESTINATAIRE LE DIRECTEUR DE LA SOUS-SECTION DES FOURNITURES COMPLÉMENTAIRES STOP SUITE À VOTRE HONORÉE DU 19 COURANT RÉF. 0.15015 (6) VIRGULE

LE GLAVSPIMAT VOUS INFORME QUE LES DACTYLOS AINSI QUE L'ENSEMBLE DU PERSONNEL FÉMININ TOUCHERONT EN TEMPS UTILE DES CALEÇONS DE L'ARMÉE STOP LE DIRECTEUR TIRET SIGNATURE LE CHEF DE BUREAU TIRET BARTHOLOMÉ KOROTKOV STOP.

Il sonna et dit au coursier Pantelemon arrivé à son appel :

« Chez le directeur, à la signature. »

Pantelemon remua les lèvres, prit le papier et sortit.

Quatre heures après ces événements, Korotkov était toujours aux aguets dans son bureau, d'où il persistait à ne pas sortir afin que le nouveau directeur, au cas où il lui viendrait l'idée de faire le tour des locaux, ne manquât pas de le trouver plongé dans son travail. Mais aucun bruit ne sortait du redoutable cabinet. Une seule fois, il perçut un lointain écho de la voix de fonte, elle semblait menacer quelqu'un de renvoi, mais Korotkov ne réussit pas à saisir de qui il s'agissait, bien qu'il eût collé son oreille au trou de la serrure. À 3 h 30 de l'après-midi, la voix de Pantelemon se fit entendre derrière la cloison qui le séparait du secrétariat :

« Monsieur est parti en voiture. »

Aussitôt un grand bruit s'éleva dans le Spimat, et ce fut la dispersion générale. Le c. Korotkov fut le dernier à quitter les lieux pour rentrer chez lui en solitaire.

IV

PARAGRAPHE I :
KOROTKOV EST VIRÉ

Le lendemain matin, Korotkov constata avec joie que l'état de son œil ne nécessitait plus de pansement ; ce fut donc avec soulagement qu'il renonça à son bandage ; il s'en trouva aussitôt embelli et changé. Il avala son thé à la va-vite, éteignit son primus et se dépêcha de partir pour le bureau, soucieux de ne pas se mettre en retard : ce qui ne l'empêcha pas d'être en retard de cinquante minutes car son tramway, au lieu de suivre le trajet du 6, fut dévié par le trajet du 7 et alla se perdre dans des rues éloignées, bordées de toutes petites maisons, où il finit par tomber en panne. Korotkov dut faire trois verstes à pied, et il était hors d'haleine lorsqu'il pénétra au pas de course dans les bureaux du Spimat au moment précis où la pendule de la cuisine de *La Rose des Alpes* sonnait onze coups. Le spectacle qui l'attendait là était parfaitement insolite à 11 heures du matin. Lidotchka de Runy, Milotchka Litovtseva, Anna Ievgrafovna, le chef comptable Drozd, l'inspecteur Gitis, Nomeratski, Ivanov, Mouchka, la préposée aux enregistrements, le caissier, en un mot tous les membres du secrétariat, au lieu d'être à leur poste derrière les tables de la cuisine du ci-devant restaurant *La Rose des Alpes,* se tenaient debout, agglutinés devant un mur sur lequel était cloué un petit carré de papier. À l'entrée de Korotkov, il se fit un silence soudain et tous baissèrent les yeux.

« Bonjour, mesdames et messieurs, que se passe-t-il ? » demanda Korotkov étonné.

La foule s'écarta sans mot dire et Korotkov s'approcha du papier.

Les premières lignes défilèrent devant ses yeux, fermes et claires, les dernières dans un brouillard de larmes et de stupeur.

I. En raison d'une incurie inadmissible dans l'exercice de ses fonctions et de la gabegie révoltante qui en a résulté touchant à d'importants documents administratifs ainsi que pour s'être présenté sur son lieu de travail dans un état inqualifiable avec sur la figure des traces de coups apparemment consécutives à une rixe, le cam. Korotkov est congédié à dater de ce jour (26 courant) avec remboursement de ses frais de tramway jusqu'à la date du 25 inclus.

Le paragraphe I était également le dernier, et sous le paragraphe s'étalait en grosses lettres cette signature :

Le Directeur, KALSONER.

Pendant vingt secondes, il régna dans la grande salle toute en cristaux poussiéreux de *La Rose des Alpes* un silence idéal. Et dans ce silence général, celui du verdâtre Korotkov fut le plus parfait, le plus profond, le plus mort de tous les silences. À la vingt et unième seconde, le silence fut brisé par la voix de Korotkov qui tinta deux fois : « Quoi ? Quoi ? » — exactement comme une coupe de *La Rose des Alpes* se brisant contre un talon de chaussure. « Il s'appelle Kalso... ner ? »

Ce mot effrayant eut pour effet d'envoyer voltiger les employés de tous les côtés ; instantanément ils se retrouvèrent alignés, chacun à sa table, tels des corbeaux sur un fil télégraphique. Le visage de Korotkov passa du vert putride au pourpre moucheté.

« Aïe, aïe, aïe », corna au loin la voix de Skvorets émergeant de son registre, « comment avez-vous pu faire une pareille bourde, mon bon monsieur ? Hein ?

— Je cr... croyais, je croyais... » — le gosier de Korotkov émettait des craquements de verre brisé... — « j'ai lu *caleçons* au lieu de *Kalsoner*. Son nom est écrit avec une minuscule !

— Je ne les mettrai pas, ses caleçons, il peut être tranquille ! lança Lidotchka d'une voix de cristal.

— Tsss ! Vous êtes folle ! » Skvorets siffla ces mots comme un serpent puis rentra le cou, se tapit dans son registre et s'abrita derrière une page.

« Pour ma figure, il n'a pas le droit ! » cria faiblement Korotkov qui, de pourpre, virait maintenant au blanc d'hermine, « c'est avec notre propre saloperie d'allumettes que je me suis brûlé un œil, tout comme la camarade de Runy !

— Chut ! piaula Gitis devenu tout pâle. Vous êtes fou ? Il les a essayées hier et les a trouvées excellentes. »

« Dr-r-r-r... » fit soudain la sonnerie électrique au-dessus de la porte... et aussitôt le corps pesant de Pantelemon tomba de son tabouret et partit bouler dans le corridor.

« Ah ! non. Je m'expliquerai. Je m'expliquerai ! » vociféra Korotkov d'une voix aiguë et fluette, puis il s'élança vers la gauche, s'élança vers la droite, fit au moins dix pas en courant sur place tandis que les glaces poussiéreuses de *La Rose des Alpes* lui renvoyaient son reflet déformé, et pour finir se jeta dans le couloir, guidé par la faible lueur de l'ampoule éclairant la plaque *Cabinets particuliers*. Il était à bout de souffle en arrivant devant la terrible porte où il reprit ses sens dans les bras de Pantelemon.

« Camarade Pantelemon, laisse-moi passer, je te prie, lui jeta-t-il fiévreusement. Je dois voir le directeur immédiatement...

— Non, non, personne ne passe, c'est un ordre », graillonna Pantelemon ; et la terrible odeur d'oignon qui émanait de sa personne émoussa la détermination de Korotkov. « Non. Allez-vous-en, allez, monsieur Korotkov, sinon ça va me retomber dessus...

— Mais, Pantelemon, il faut absolument que je le voie, supplia Korotkov d'une voix défaillante ; tu comprends, cher Pantelemon, c'est à cause de l'arrêté... Laisse-moi passer, mon cher Pantelemon.

— Ah ! Mon Dieu... » bredouilla Pantelemon terrorisé en se tournant vers la porte,

« je vous dis que c'est impossible. C'est impossible, camarade ! »

La sonnerie du téléphone retentit derrière la porte du cabinet, puis la voix de cuivre tomba, écrasante :

« J'y vais ! À l'instant ! »

Pantelemon et Korotkov s'écartèrent ; la porte s'ouvrit toute grande et Kalsoner s'engouffra dans le couloir, sa casquette sur la tête et sa serviette sous le bras. Pantelemon le suivit au trot, et Korotkov, après un court instant d'hésitation, se lança derrière lui. Au tournant du couloir, Korotkov, pâle et bouleversé, parvint à se faufiler sous les bras de Pantelemon, dépassa Kalsoner et se mit à courir devant lui à reculons tout en lui parlant d'une voix indistincte et entrecoupée :

« Camarade Kalsoner, un instant, laissez-moi vous dire... C'est à propos de cet arrêté...

— Camarade ! » jeta Kalsoner, tout à sa précipitation furieuse et l'esprit visiblement ailleurs, en balayant Korotkov dans sa

course. « Vous voyez bien que je suis occupé ? Je m'en vais ! Je m'en vais !...

— C'est à propos de cet arr...

— Mais enfin vous ne voyez pas que je
suis occupé ? Camarade ! Adressez-vous au
chef de bureau. »

Kalsoner, toujours courant, était arrivé
dans le hall où trônait sur une estrade le
grand orgue abandonné de *La Rose des Alpes*.

« Mais c'est moi, le chef de bureau ! »
glapit Korotkov qui transpirait de terreur.
« Écoutez-moi, camarade Kalsoner !

— Camarade ! » rugit comme une sirène
un Kalsoner complètement sourd à ce qu'on
lui disait, et, tournant la tête vers Pantelemon, sans s'arrêter de courir, il lui cria :

« Faites le nécessaire pour que je ne sois
pas retardé !

— Camarade ! Ne retardez pas le directeur ! » cria Pantelemon terrorisé, de sa voix
éraillée.

Et ne sachant comment « faire le nécessaire », il prit le parti de saisir Korotkov à
bras-le-corps et de le presser délicatement

contre lui comme une femme tendrement aimée. La mesure se révéla efficace : Kalsoner se dégagea, dévala l'escalier comme sur des patins à roulettes et bondit dehors par la grande porte.

« Pouët ! Pouët ! » fit sa motocyclette derrière les vitres ; elle pétarada ensuite cinq fois, avant de disparaître derrière le rideau de fumée dont elle avait recouvert les fenêtres. Alors seulement, Pantelemon lâcha Korotkov, s'épongea le visage et rugit :

« Malheur ! »

Korotkov l'interrogea d'une voix saccadée :

« Pantelemon, où est-il allé ? Dis-le-moi vite, tu comprends, il va peut-être prendre quelqu'un d'autre...

— Ça se pourrait qu'il aille au Tsentrosnab[1]. »

Korotkov descendit l'escalier tel un tourbillon, se rua dans le vestiaire, s'empara de son manteau et de sa casquette et se précipita dans la rue.

1. En abrégé : « Direction centrale de l'approvisionnement ».

V

UN TOUR DIABOLIQUE

Korotkov eut de la chance. À cet instant précis, un tramway arrivait à la hauteur de *La Rose des Alpes*. Il le prit au vol, puis s'avança vers l'avant du véhicule non sans se heurter tantôt au volant du frein, tantôt aux sacs que les gens portaient sur leur dos. Un espoir fou lui incendiait le cœur. La motocyclette avait pris du retard pour une raison ou pour une autre et pétaradait maintenant devant le tramway ; Korotkov tour à tour perdait de vue et repérait à nouveau le dos carré environné de fumée bleue. Pendant cinq bonnes minutes, il subit les cahots et la presse sur la plate-forme ; enfin la motocyclette s'arrêta devant le bâtiment gris du Tsentrosnab. Le buste carré lui fut masqué par des passants et disparut. Korotkov s'extirpa du tramway en marche, tourna sur lui-même, tomba, se fit mal au genou, ramassa sa casquette et, passant sous le nez d'une automobile, se hâta de pénétrer dans le hall.

Couvrant les parquets de taches humides, des dizaines de gens lui venaient de face ou le dépassaient venant de derrière. Il entra-perçut le dos carré sur la seconde volée de l'escalier et, tout essoufflé, accéléra le pas pour le rattraper. Kalsoner gravissait les escaliers avec une rapidité étrange, surnaturelle, et Korotkov avait le cœur serré à l'idée qu'il pourrait le reperdre. Ce fut d'ailleurs ce qui arriva. Au quatrième palier, alors que le chef de bureau n'en pouvait plus, le dos se fondit dans un magma de visages, de toques et de serviettes. À la vitesse de l'éclair, Korotkov bondit sur le palier et hésita une seconde devant une porte où figuraient deux inscriptions : l'une disait en lettres d'or sur fond vert dans l'ancienne orthographe, *Dortoir des élèves-maîtresses*, l'autre en lettres noires sur fond blanc, dans la nouvelle orthographe,

Natchkantsoupravdielsnab[1]. À tout hasard, il franchit cette porte et découvrit d'immenses cages vitrées ainsi qu'un grand nombre de femmes blondes qui couraient de cage en cage. Korotkov ouvrit une première cloison vitrée et vit derrière elle un type en costume bleu marine. Le type était couché sur une table et riait gaiement au téléphone. Dans un second compartiment, il vit sur une table les œuvres complètes de Scheller-Mikhaïlov et, à côté d'elles, une femme inconnue d'un certain âge, en fichu, en train de peser sur une balance du poisson séché et malodorant. Le troisième était rempli d'un cliquetis ininterrompu et de bruits de sonnettes : il y avait là, tapant et riant devant six machines à écrire, six femmes aux cheveux blonds et aux dents menues. Au-delà de la dernière cloison s'ouvrait un vaste espace garni de colonnes renflées. Un crépitement insupportable de machines à écrire emplissait l'at-

1. Acronyme de « Chef du secrétariat de la Direction de l'approvisionnement ».

mosphère, et l'on pouvait y voir quantité de têtes féminines et masculines, mais celle de Kalsoner ne s'y trouvait pas. Désorienté, pris de tournis, Korotkov arrêta la première personne qu'il avisa, une femme, qui passait en courant et tenait un petit miroir.

« Vous n'auriez pas vu Kalsoner ? »

Son cœur sauta de joie quand la femme lui répondit en ouvrant de grands yeux :

« Oui, mais il part à l'instant. Essayez de le rattraper. »

Korotkov traversa en courant la salle aux colonnes, dans la direction que lui désignait la petite main blanche aux ongles rouges et brillants. Il franchit au galop la grande salle, se retrouva sur un petit palier étroit et sombre et y vit la gueule béante d'un ascenseur éclairé. Korotkov eut soudain les jambes coupées : il l'avait rattrapé... la gueule était en train d'engloutir un dos carré en tissu de couverture et une serviette noire et brillante.

« Camarade Kalsoner ! » cria Korotkov... mais il s'interrompit net, paralysé de stupeur. Des cercles verts en grande quantité sautèrent sur le palier. Une grille ferma la porte vitrée, l'ascenseur partit, et le dos carré, s'étant retourné, se transforma en un torse d'hercule. Korotkov reconnut tout, tout : la tunique grise, la casquette, la serviette, les yeux en grains de raisin. C'était bien Kalsoner, mais un Kalsoner orné d'une longue barbe à l'assyrienne, frisée au petit fer, qui lui tombait sur la poitrine. Une première idée fusa dans le cerveau de Korotkov : « Sa barbe a poussé pendant qu'il roulait à motocyclette puis montait les escaliers : qu'est-ce que ça veut dire ? » Puis une seconde : « La barbe est fausse : ça veut dire quoi ? »

Cependant Kalsoner avait commencé sa descente dans l'abîme grillagé : ses jambes disparurent en premier, puis son ventre, sa barbe, et en dernier ses petits yeux et sa bouche d'où sortirent ces mots lancés tendrement d'une voix de ténor :

« C'est trop tard, camarade, revenez vendredi. »

« La voix aussi est postiche » : cette idée fit à Korotkov l'effet d'un coup de massue. Il en eut la tête douloureuse et brûlante pendant trois secondes mais, ensuite, se souvenant qu'aucune sorcellerie ne devait l'arrêter, car s'arrêter c'était la fin, il marcha vers l'ascenseur. Dans la cage apparut le haut de l'ascenseur en train de monter sur son câble. Une femme d'une beauté languide, dont les cheveux étaient ornés de pierreries, sortit de derrière le bloc ; elle effleura tendrement le bras de Korotkov et lui demanda :

« Camarade, vous avez le cœur malade ?

— Non, oh non, camarade ! » répondit Korotkov abasourdi en faisant un pas vers la cage. « Ne me retardez pas, s'il vous plaît.

— Dans ce cas, allez voir Ivan Finogueno-vitch, camarade », dit tristement la beauté en lui barrant l'accès de l'ascenseur.

« Je ne veux pas ! » cria Korotkov avec des larmes dans la voix, « je suis pressé, cama-rade. Qu'est-ce qui vous prend ? »

Mais la femme demeura inflexible et triste.

« Je n'y peux rien, vous le savez bien », dit-elle en retenant Korotkov par le bras. L'ascenseur s'arrêta, cracha un individu porteur de serviette, la grille se referma et l'engin repartit vers le bas.

« Lâchez-moi ! » hurla Korotkov et, libérant brutalement son bras, il se lança dans la descente d'escalier, l'injure à la bouche. Après avoir dévalé six volées d'escaliers de marbre et failli tuer une grande vieille en bonnet de dentelle qui se signa sur son passage, il se retrouva en bas, à côté d'une immense paroi vitrée toute neuve portant deux inscriptions. La plus haute, en lettres d'argent sur fond noir, indiquait : *Permanence des maîtresses de classes*, et celle du dessous, à la plume sur papier, *Renseignements*. Une obscure épouvante s'empara de Korotkov. Derrière la vitre, il avait nettement aperçu Kalsoner. Un Kalsoner au menton glabre et bleuté, celui d'avant, le terrible. Il passa tout près de Korotkov, séparé de lui par la seule épaisseur de la mince paroi vitrée. S'efforçant de ne penser à rien, Korotkov se jeta sur la poignée de porte en cuivre brillant et la secoua, mais elle ne céda pas.

Une seconde fois, en grinçant des dents, il tira à lui le cuivre brillant, et ce fut alors seulement qu'il remarqua, dans son désespoir, un tout petit papier qui disait : *Faire le tour par l'entrée 6.*

Kalsoner réapparut puis redisparut dans une niche noire derrière la vitre.

« Où est la 6 ? Où est la 6 ? » cria faiblement Korotkov au hasard. Des gens s'écartèrent de lui. Une petite porte de côté s'ouvrit, laissant passer un petit vieux en lustrine qui portait des lunettes bleues et tenait une très longue liste. Il regarda Korotkov par-dessus ses lunettes, sourit, remua les lèvres.

« Et alors ? On marche toujours ? bredouilla-t-il à son adresse. Vous vous fatiguez pour rien, je vous assure. Croyez-en plutôt le vieux bonhomme que je suis : renoncez. De toute façon je vous ai déjà barré. Hi-hi.

— Où m'avez-vous barré ? demanda Korotkov pétrifié.

— Hi. Là-dessus, bien sûr, sur les listes. Un petit coup de crayon, et hop ! c'est fini, hi-hi. » Le rire du vieillard avait quelque chose de sensuel.

« Je vous dem... ande... pardon... Comment se fait-il que vous me connaissiez ?

— Hi. Vous plaisantez, Basile Pavlovitch.

— Je m'appelle Bartholomé », dit Korotkov en touchant son front qu'il sentit froid et moite, « Bartholomé Petrovitch. »

L'effrayant petit vieux perdit un moment son sourire.

Il étudia son papier et en suivit les lignes d'un petit doigt sec à l'ongle long.

« Arrêtez de m'embrouiller. Tenez, le voilà : Kolobkov B.P.

— Je m'appelle Korotkov, cria Korotkov impatienté.

— C'est bien ce que je dis : Kolobkov. » — Le vieillard prit un air vexé. — « Et voilà aussi Kalsoner. Ils ont été mutés en même temps, et à la place de Kalsoner on a mis Tchekouchine.

— Quoi ?... s'écria Korotkov fou de joie. Kalsoner a été viré ?

— Parfaitement, mon bon monsieur. Il a été directeur une seule journée, et ensuite sacqué.

— Mon Dieu ! s'exclama Korotkov ivre d'allégresse, je suis sauvé ! Je suis sauvé ! » Et ne sachant plus ce qu'il faisait, il serra la main osseuse et griffue du vieillard. Ce dernier sourit. La joie de Korotkov fut un instant assombrie. Une lueur étrange, maléfique, venait de passer dans les petits trous bleu sombre qui servaient d'yeux au vieillard. Le sourire aussi, découvrant des gencives bleuâtres, avait eu quelque chose d'étrange. Mais Korotkov chassa aussitôt ce sentiment désagréable et tout à la hâte d'en finir demanda :

« Je dois donc retourner tout de suite au Spimat ?

— Absolument, lui répondit le vieux : c'est ce qui est écrit, au Spimat. Passez-moi seulement votre livret, s'il vous plaît, que j'y mette une petite marque au crayon. »

Korotkov s'empressa de glisser la main dans sa poche, pâlit, chercha dans l'autre, pâlit encore plus, tâta ses poches de pantalon et, avec un hurlement étouffé, remonta comme une flèche les escaliers, le regard rivé à ses pieds. Bousculant les gens sur son passage, désespéré, il parvint enfin tout en haut, chercha des yeux la beauté aux pierreries qu'il voulait interroger et constata qu'elle s'était métamorphosée en un gamin hideux et morveux. Korotkov s'élança vers lui.

« Dis-moi, petit, mon portefeuille, un portefeuille jaune...

— C'est pas vrai, répondit le gamin hargneux. C'est pas moi qui l'ai pris ; c'est des menteurs.

— Mais non, mon petit, je ne dis pas cela... je ne dis pas que c'est toi... mes papiers. »

Le gamin le regarda en dessous et se mit soudain à brailler d'une voix de basse.

« Ah mon Dieu ! » s'écria Korotkov au désespoir, avant de redévaler les escaliers jusqu'à l'endroit où se trouvait le vieux.

Mais quand il fut en bas, le vieux n'y était plus. Il avait disparu. Korotkov se rua sur la petite porte, s'escrima sur sa poignée. Elle était fermée à clé. Dans la pénombre flottait une très légère odeur de soufre.

Une tempête de suppositions se mit à tourbillonner sous son crâne, et parmi elles s'en présenta soudain une toute neuve : « Le tramway ! » Il venait de se remémorer la façon dont deux jeunes gens l'avaient serré de près sur la plate-forme : l'un d'eux était très maigre avec de petites moustaches noires qui paraissaient collées sous son nez.

« Ah là là ! Quel malheur, alors ça ! C'est le pire malheur qui pouvait m'arriver », bredouilla Korotkov.

Il se rua dehors, gagna, toujours courant, le bout de la rue, tourna dans une rue transversale et se retrouva devant l'entrée d'un petit immeuble d'une vilaine architecture. Un homme gris au regard bigleux et à l'air sombre lui demanda, les yeux tournés non pas vers lui mais dans une autre direction :

« Qu'est-ce que tu viens faire ici ?

« — Camarade, je m'appelle Korotkov Bé Pé, on vient à l'instant de me voler mes papiers... Tous, absolument tous... Je risque d'être arrêté...

— Pour ça oui, confirma l'homme sur le perron.

— Alors si vous voulez bien...

— Que Korotkov se présente en personne.

— Mais je suis Korotkov, camarade.

— Montre tes papiers.

— On vient de me les voler, gémit Korotkov, ils m'ont été volés, camarade, par un jeune homme avec une petite moustache.

— Une moustache ? Ce doit être Kolobkov. C'est sûrement lui. Il opère tout spécialement dans notre arrondissement. Va, cherche-le, fais les bistrots.

— Camarade, je ne peux pas, pleura Korotkov. Je dois aller au Spimat pour rencontrer Kalsoner. Laissez-moi entrer.

— Montre la déclaration de vol.

— Délivrée par qui ?

— Par le gardien de l'immeuble. »

Korotkov quitta le perron et partit en courant dans la rue.

« Où je vais ? au Spimat, ou chez le gardien de l'immeuble ? » se demanda-t-il. « Chez le gardien, c'est ouvert le matin ; allons plutôt au Spimat. »

À cet instant, quatre coups sonnèrent au loin, à l'horloge de la tour rousse, et aussitôt toutes les portes s'ouvrirent, libérant des gens avec des serviettes qui s'en allaient au pas de course. Le soir était venu et une neige rare et mouillée se mit à tomber.

« Il est trop tard, pensa Korotkov. Rentrons à la maison. »

VI

LA PREMIÈRE NUIT

Un petit billet blanc dépassait du trou de la serrure. Korotkov le lut dans la pénombre.

Mon cher voisin,

Je m'en vais chez ma maman à Zvenigorod. Je vous laisse le vin en cadeau. Buvez-le à ma santé : personne ne veut me l'acheter. Elles sont dans le coin.
Bien à vous,

A. PAÏKOVA.

Korotkov eut un sourire amer et fit bruyamment tourner la clé dans la serrure ; en vingt voyages il transporta dans sa chambre toutes les bouteilles qui l'attendaient au coin du corridor ; après quoi il alluma sa lampe et s'écroula sur son lit tel qu'il était, sans ôter sa casquette ni son manteau. Comme fasciné, il contempla pendant une bonne demi-heure le portrait de Cromwell qui se fondait peu à peu dans la noirceur du crépuscule, puis il sauta sur ses pieds et s'abandonna tout d'un coup à un curieux accès de violence. Il arracha sa casquette et l'envoya valser dans un coin, balaya d'un geste et jeta par terre les paquets d'allumettes, et se mit à les piétiner.

« Tiens ! Tiens ! Tiens ! » hurla-t-il ; et il faisait craquer sous ses semelles les allumettes diaboliques tout en rêvant confusément qu'il écrasait la tête de Kalsoner.

Le souvenir de cette tête en œuf le fit soudain penser au visage glabre et barbu, et cette idée l'arrêta net.

« Mais au fait... comment se peut-il ?... Qu'est-ce que c'est que ça ? » murmura-t-il en se passant la main sur les yeux. « Et moi qui reste là, occupé à des sottises, alors que tout ça est effrayant. S'il était double, en effet, après tout ? »

La peur s'infiltra dans la chambre par les fenêtres noires, et Korotkov, tout en s'efforçant de ne pas les regarder, baissa les stores. Mais il ne s'en trouva pas mieux. Le double visage, tantôt se couvrant de poils tantôt s'en débarrassant, lui apparaissait par intervalles dans les coins de sa chambre avec ses yeux verdâtres, étincelants. Finalement, Korotkov n'y tint plus et, sentant sa tête près d'éclater sous l'effet de la tension nerveuse, il se mit à pleurer tout doucement.

Après avoir pleuré tout son saoul, il se sentit mieux, mangea quelques pommes de terre gluantes restées de la veille et, son esprit revenant à l'énigme maudite, repleura encore un peu.

« Mais au fait, pourquoi est-ce que je pleure alors que j'ai du vin ? » marmonnat-il soudain.

Il en vida d'un coup la moitié d'un verre à thé. Le liquide sucré produisit son effet au bout de cinq minutes : une douleur atroce lui vrilla la tempe gauche, et il fut pris d'une soif ardente et nauséeuse. Il but trois verres d'eau ; sa douleur à la tempe lui fit complètement oublier Kalsoner ; il ôta en gémissant ses vêtements de dessus et s'écroula sur son lit, les yeux vagues et révulsés. « Si j'avais du pyramidon... » murmura-t-il longtemps encore, avant de trouver enfin refuge dans un sommeil agité.

VII

L'ORGUE ET LE CHAT

Le lendemain matin à 10 heures, Korot-kov se fit rapidement du thé, en but sans appétit un quart de verre puis, pressentant que sa journée serait dure et bien remplie, quitta sa chambre, et, dans le brouillard, traversa au pas de course l'asphalte humide de la cour d'immeuble en direction d'une bâtisse portant l'écriteau : *Gardien*. Il avait déjà la main tendue vers la sonnette quand ses yeux tombèrent sur cet avis : *Pour cause de décès il n'est pas délivré d'attestations*. Il eut une exclamation de dépit.

« Ah Seigneur ! Décidément, je joue de malchance à tous les coups. » Puis il se dit : « Bon, dans ce cas, les papiers attendront ; je vais d'abord au Spimat. Il faut tirer tout ça au clair. Qui sait, Tchekouchine est peut-être déjà revenu. »

Ce fut à pied que Korotkov se rendit au Spimat, tout son argent lui ayant été volé ; sans s'arrêter dans le grand hall, il dirigea ses pas tout droit vers le secrétariat. Sur le seuil, il s'arrêta, bouche bée : pas un seul visage connu dans la salle de cristal. Ni Drozd ni Anna Ievgrafovna, enfin personne. Assis à leurs tables et rappelant cette fois non plus des corbeaux sur un fil, mais les trois faucons du tsar Alexis Mikhaïlovitch, il y avait là trois jeunes gens blonds et glabres, parfaitement identiques dans leurs complets à carreaux gris clair, et une jeune femme aux yeux rêveurs portant des boucles d'oreilles en brillants. Les jeunes gens ne prêtèrent aucune attention à Korotkov et continuèrent à gratter dans leurs registres ; la femme, elle, lui fit de l'œil. Mais au sourire vague par lequel il accueillit cette avance, elle répondit par un sourire hautain et détourna la tête. « Curieux », pensa Korotkov en quittant les lieux, non sans tré-

bucher sur le seuil. Au moment de pénétrer dans son bureau, il marqua un temps
d'arrêt et soupira en regardant la chère
vieille plaque *Chef de bureau* ; puis il ouvrit
la porte et entra. Aussitôt le jour déclina
devant ses yeux et le plancher vacilla très
légèrement sous ses pieds. À la table de
Korotkov, les coudes largement écartés, la
plume grinçant à tout vat, qui était installé ?
Kalsoner, en chair et en os. Une brillante
toison frisée au petit fer lui couvrait la poitrine. Korotkov eut le souffle coupé à la vue
de son crâne chauve et laqué penché sur le
drap vert. Ce fut Kalsoner qui le premier
rompit le silence.

« Qu'y a-t-il pour votre service, camarade ? » roucoula-t-il poliment d'une voix
de fausset.

Korotkov se lécha convulsivement les lèvres, aspira un grand cubage d'air dans son
étroite poitrine et dit d'une voix à peine
audible :

« Hm... je... camarade, je suis le chef de
bureau de ce service... Je veux dire... en-

fin... vous vous souvenez peut-être de l'arrêté... »

La stupéfaction transforma du tout au
tout la partie supérieure du visage de Kalsoner. Ses sourcils blonds se levèrent et son
front se plissa en accordéon.

« Excusez-moi, répondit-il poliment, le
chef de bureau, ici, c'est moi. »

Korotkov fut momentanément frappé
d'aphasie. Lorsque l'accès fut passé il pro-
nonça ces mots :

« Comment se fait-il ? Je veux dire hier.
Ah ! bien. Excusez-moi, je vous prie. En fait
j'ai confondu. S'il vous plaît. »

Il sortit du bureau à reculons et, une fois
dans le couloir, s'interrogea lui-même d'une
voix rauque :

« Korotkov, essaie de te rappeler quel jour
nous sommes ? »

Et il se fournit, toujours à lui-même, cette
réponse :

« Nous sommes mardi, c'est-à-dire vendredi. Mille neuf cent. »

Il se retourna et il vit briller tout à coup,

en face de lui, sur une boule humaine faite d'ivoire, les deux ampoules du couloir ; le visage glabre de Kalsoner intercepta tout le reste du monde.

« C'est bon ! » gronda la bassine, et un frisson contracta le corps de Korotkov. « Je vous attends. Parfait. Enchanté de faire votre connaissance. »

Tout en disant ces mots, il s'approcha de Korotkov et lui serra la main si fort que ce dernier se percha sur un pied comme une cigogne sur un toit. Il s'adressa à lui d'une voix brève, saccadée et autoritaire.

« J'ai procédé au déploiement des effectifs. Les trois, là-bas » — il eut un geste vers la porte du secrétariat —, « plus, bien entendu, Manetchka. Vous êtes mon adjoint. Kalsoner est le chef de bureau. Tous les anciens sont virés. Y compris cet imbécile de Pantelemon. D'après mes renseignements, il aurait été larbin à *La Rose des Alpes.* Je fais un saut à la section et je reviens ; pendant ce temps, rédigez avec Kalsoner un rapport écrit sur tout ce monde et parti-

culièrement sur ce... comment déjà... Korotkov. Au fait, vous lui ressemblez un peu, à
ce gredin. Sauf que lui, il a un œil poché.

— C'est moi. Non... », dit Korotkov titu-
bant, la mâchoire molle, « je ne suis pas un
gredin. On m'a volé tous mes papiers,
jusqu'au dernier.

— Vraiment ? jeta Kalsoner. Pas grave.
Cela n'en vaut que mieux. »

Il incrusta sa poigne dans le bras de Korotkov, qui avait peine à respirer, enfila le
corridor au pas de course, et le traîna avec
lui jusque dans le saint des saints de son
cabinet ; là, il le jeta sur une chaise au siège
garni de cuir rembourré, et s'assit lui-même
à sa table. Korotkov, toujours en proie à
l'étrange sensation que le plancher vacillait
sous ses pieds, se recroquevilla sur son siège
et, fermant les yeux, se mit à marmonner :
« Le 20 était un lundi, donc nous sommes
mardi 21. Non. Qu'est-ce que je raconte ?
Nous sommes en 21. Courrier au départ
réf. 0,15, un blanc pour la signature tiret
Bartholomé Korotkov. Moi, donc. Mardi,

mercredi, jeudi, vendredi, samedi, dimanche, lundi. Mardi s'écrit avec un *m*, mercredi aussi, et jeudi... jeudd... s'écrit avec
un *d* comme dimanche... »

Kalsoner parapha son papier avec un
bruit sec, y donna un coup de tampon et le
tendit à Korotkov. À cet instant, le téléphone se mit à sonner furieusement. Kalsoner saisit le combiné et brailla dedans :

« Ha ! Bon. Bon. J'arrive. »

Il bondit au portemanteau, décrocha sa
casquette, l'enfonça sur son crâne chauve
et disparut derrière la porte tout en lançant
en guise d'adieu :

« Attendez-moi chez Kalsoner. »

Les yeux de Korotkov se brouillèrent
complètement lorsqu'il eut pris connaissance de ce qui était écrit sur le papier
garni d'un tampon :

*Le porteur de cette lettre est bien mon adjoint, le
cam. Basile Pavlovitch Kolobkov. Certifié exact.
Kalsoner.*

« Ho-o ! » gémit Korotkov en laissant tomber à terre le papier et sa casquette. « Mais enfin, qu'est-ce qui se passe ? »

À cet instant précis la porte grinça harmonieusement sur ses gonds et Kalsoner reparut, il portait sa barbe.

« Kalsoner a déjà filé ? » demanda-t-il à Korotkov d'une petite voix fluette et amicale.

Ce fut le noir complet.

« Ha-a-a-a... » hurla Korotkov, incapable de supporter ce supplice plus longtemps et, perdant la tête, il bondit vers Kalsoner en montrant les dents. L'effroi se peignit sur le visage de ce dernier, au point qu'il en jaunit d'un coup. Il se jeta à reculons contre la porte, l'ouvrit à grand bruit, se retrouva dans le corridor où, emporté par son élan, il tomba accroupi, mais se releva aussitôt et s'enfuit à toutes jambes en criant :

« Coursier ! Coursier ! Au secours !

— Attendez. Attendez. Je vous en prie, camarade... » s'écria Korotkov en reprenant ses esprits, et il se jeta à sa poursuite.

Il se fit un grand bruit dans le secrétariat, et les faucons sautèrent en l'air comme un seul homme. La femme aux yeux rêveurs battit des paupières au-dessus de sa machine.

« On va tirer, on va tirer ! » hurla-t-elle d'une voix hystérique.

Kalsoner fut le premier à déboucher dans le hall, sur l'estrade de l'orgue ; un instant il hésita sur la direction à prendre puis, coupant au plus court, disparut derrière l'instrument. Korotkov se lança à sa poursuite, glissa, et se serait assurément brisé le crâne contre la rampe sans l'énorme poignée noire recourbée qui faisait saillie sur la paroi latérale de la caisse jaune. Elle accrocha le pan de son manteau ; la cheviotte moisie craqua avec un faible petit cri, et Korotkov s'affaissa mollement sur le sol froid. La porte de côté donnant accès à l'arrière de l'orgue claqua en se refermant sur Kalsoner.

« Mon D... » Korotkov ne put achever.

Dans la caisse monumentale qui renfermait les tuyaux de cuivre poussiéreux, un bruit étrange se fit entendre, comme un verre qui aurait éclaté, puis un poussiéreux gargouillement d'entrailles, un curieux piaulement chromatique et une sonnerie de cloches. Puis il y eut un accord sonore de tonalité majeure, un flot d'harmonies riche et entraînant, et toute la caisse jaune à trois niveaux se mit en branle, brassant les trésors de sonorités endormis dans ses profondeurs.

L'incendie de Moscou montait,
grondait sans fin...

Dans le carré noir de la porte apparut soudain le pâle visage de Pantelemon. Un instant plus tard, il se métamorphosait. Ses petits yeux lancèrent un éclair de triomphe ; son dos se redressa, il lança son bras droit par-dessus son bras gauche comme pour y jeter quelque invisible serviette et s'élança dans les escaliers qu'il dévala de biais, en tirant sur le côté à la manière d'un bricolier ; les bras arrondis, il avait l'air de porter un plateau chargé de tasses.

La fumée sur le fleuve étendait son emprise.

« Qu'ai-je fait ! » s'écria Korotkov horrifié.

La machine, après avoir secoué de leur stagnation les premières vagues, répandait maintenant un flot régulier, et faisait retentir les grandes salles désertes du Spimat du rugissement sonore d'un lion à mille têtes.

Et l'on voyait, debout sur les murs du Kremlin...

Dans le concert de hurlements, de tonnerre et de cloches, une corne d'automobile mugit soudain, et tout de suite après Kalsoner reparut par la grande porte : le Kalsoner glabre, vindicatif et terrible. Tout environné d'une aura bleuâtre et maléfique, il commença à gravir majestueusement les escaliers. Korotkov sentit ses cheveux se hérisser ; il tourna sur lui-même, se jeta par la porte latérale dans l'escalier en colimaçon dissimulé derrière l'orgue, se retrouva dehors dans la cour semée de gravier et, toujours courant, déboucha dans la rue. Là il prit la fuite telle une bête aux abois, pour-suivi par le mugissement sourd de *La Rose des Alpes* :

Sa silhouette en redingote grise...

Au coin de la rue, un cocher de fiacre s'escrimait furieusement du fouet sur sa haridelle qui refusait de bouger.

« Seigneur mon Dieu ! Encore lui ! Mais enfin qu'est-ce qui se passe ! » sanglota Korotkov.

Kalsoner le barbu venait de surgir d'en-tre les pavés à côté du fiacre ; il sauta dedans et commença à bourrer de coups le dos du cocher.

« Allons, vite, plus vite, gredin ! » lui inti-mait-il de sa voix fluette.

La haridelle s'ébranla ; après avoir lancé quelques ruades, elle finit par s'enlever au galop sous les morsures du fouet, et toute la rue s'emplit du fracas de l'équipage. À travers ses larmes ruisselantes, Korotkov vit s'envoler le chapeau verni du cocher, et des billets de banque s'en échapper de tous les côtés en tourbillonnant. Des gamins coururent après en lançant des coups de sifflet. Le cocher se retourna et tira désespérément sur les rênes, mais Kalsoner furieux fit pleuvoir sur son dos une grêle de coups et hurla :

« Allez, roule ! Roule ! Je paierai. »

Le cocher cria éperdument :

« Mais vous voulez ma mort, monseigneur ? » Il lâcha la bride à sa haridelle, et l'équipage disparut au coin de la rue.

Korotkov, secoué de sanglots, leva les yeux vers le ciel gris qui défilait à toute allure au-dessus de sa tête, chancela et s'exclama d'une voix brisée de douleur :

« Ça suffit comme ça. Je n'en resterai pas là ! Je le démasquerai. » D'un bond, il réussit à s'agripper à la rambarde d'un tramway. Celle-ci l'emporta, brinquebalant, pendant cinq bonnes minutes, et le lâcha à la hauteur d'un immeuble vert de huit étages. Korotkov se précipita dans le hall en courant, passa la tête dans un orifice carré de la cloison de bois et demanda à une énorme théière bleu foncé :

« Le bureau des réclamations, camarade ?

— 7ᵉ étage, corridor 9, appartement 41, bureau 302, répondit la théière d'une voix féminine.

— 7, 9, 41, trois cent... trois cent combien... 302 », se répétait Korotkov en grimpant les larges escaliers à toutes jambes, « 8, 9, 8, stop, 40... non, 42... non, 302 », continuait-il à marmonner... « ah mon Dieu ! J'ai oublié... 40, oui, quarante... »

Arrivé au septième, il compta trois portes avant de voir sur la quatrième le chiffre noir *40*, et pénétra dans une immense salle à colonnes et à deux rangées de fenêtres. De gros rouleaux de papier traînaient par terre dans les coins, et le sol était tout jonché de petits billets entièrement recouverts d'écritures. Au loin se dressait, solitaire, une petite table supportant une machine à écrire : une femme dorée était assise derrière ; la joue appuyée sur sa main, elle fredonnait doucement une petite chanson.

Korotkov déconcerté tourna la tête et vit une silhouette massive descendre lourdement d'une estrade placée derrière les colonnes : l'homme était vêtu d'un *kountouch* blanc. Son visage marmoréen était orné de longues moustaches grises pendantes. Il se dirigea vers Korotkov en souriant avec une rare politesse d'un sourire de plâtre, dénué de vie ; il lui serra affectueusement la main et se présenta en claquant des talons :

« Jan Sobesski.

— Ce n'est pas possible... » dit Korotkov stupéfait.

L'homme sourit aimablement.

« Nombreux sont ceux qui s'en étonnent, figurez-vous », dit-il dans un russe mal accentué, « mais n'allez surtout pas croire que j'aie quoi que ce soit de commun avec ce bandit, camarade. Oh ! non. Il s'agit d'une amère coïncidence, voilà tout. J'ai déjà déposé une demande d'enregistrement sous mon nouveau nom, Sotsvosski : c'est bien plus beau et moins dangereux. Mais au fait, si cela vous déplaît » (l'homme pinça la bouche d'un air offensé), « je m'en voudrais d'insister. Nous ne sommes pas en peine de trouver du monde. Nous sommes très demandés.

— Qu'allez-vous imaginer ! » s'écria Korotkov douloureusement affecté, et sentant venir ici encore, comme partout ailleurs, une nouvelle histoire tordue. Il jeta autour de lui un regard traqué, à l'idée de voir surgir quelque part la face glabre et le crâne nu en coquille d'œuf, puis il ajouta d'une voix pâteuse :

« Vous me voyez ravi, sincèrement... »

Des taches roses colorèrent imperceptiblement le visage de l'homme de marbre ; prenant amicalement le bras de Korotkov il entraîna celui-ci vers la petite table en disant :

« Moi aussi, je suis ravi. Mais n'est-ce pas malheureux, rendez-vous compte, je n'ai même pas de siège à vous offrir. On nous laisse sans rien, en dépit de tout ce que nous représentons » (il fit un geste en direction des rouleaux de papier). « Toujours les intrigues... Mais nous nous en sortirons, ne vous en faites pas... Hm... Et que nous apportez-vous de neuf ? » demanda-t-il affectueusement au pâle Korotkov. « Ah ! oui, au fait, pardon, mille pardons, permettez-moi de faire les présentations » (sa main blanche eut un geste plein de distinction du côté de la machine à écrire) : « Henrietta Potapovna Persymphens.

La femme s'empressa de serrer de sa main froide la main de Korotkov et leva sur lui des yeux langoureux.

« Je disais donc : que nous apportez-vous de neuf ? » reprit suavement le maître des lieux, « un article de variété ? Des esquisses ? » continua-t-il en roulant des yeux blancs. « Vous n'imaginez pas à quel point nous en ressentons le besoin. »

« Sainte Vierge... mais qu'est-ce qui se passe ? » pensa confusément Korotkov ; puis il commença à raconter, la respiration saccadée :

« Il m'est... heu... arrivé une chose terrible. Il... Je ne comprends pas. Surtout, au

71

nom du ciel, n'allez pas croire que ce sont des hallucinations... Hm... Ha-ha... » (sa tentative de rire forcé tomba à plat). « Il est bien vivant. Je vous l'assure... mais je n'arrive pas à comprendre : tantôt il a une barbe, et une minute après plus de barbe. Je n'y comprends franchement rien... Sa voix aussi change... De plus on m'a volé tous mes papiers jusqu'au dernier, et comme par un fait exprès le gardien est mort. Ce Kalsoner...

— J'en étais sûr, s'écria le maître des lieux, ce sont eux ?

— Ah mon Dieu ! mais bien sûr, renchérit la femme, ah mon Dieu ! ces horribles Kalsoners. »

Le maître des lieux, très ému, lui coupa la parole :

« Vous savez, c'est à cause de lui que je suis assis à même le sol. Voyez et admirez. Car enfin, qu'est-ce qu'il connaît au journalisme ?... » (Il saisit Korotkov par le bouton de son manteau.) « Ayez la bonté de me dire ce qu'il y connaît. Pendant les deux jours qu'il a passés ici, il a réussi à me mettre sur les genoux. Mais là, figurez-vous, j'ai eu un coup de chance. Je suis allé voir Fiodor Vassilievitch, et finalement il nous en a débarrassés. Je lui ai mis le marché en main : moi ou lui. Il a été muté dans un endroit comme le Spimat ou le diable sait quoi. Qu'il pue là-bas tout à son aise avec ces allumettes ! Mais le mobilier, le mobilier, il a eu le temps de le transférer dans ce maudit bureau. Tout le mobilier, vous dis-je. Non, mais vous vous rendez compte ? Et sur quoi est-ce que je vais écrire, moi, j'aimerais bien le savoir ? Et vous, sur quoi allez-vous écrire ? Car je ne doute pas que vous deveniez des nôtres, mon cher (il entoura de son bras les épaules de Korotkov). Un magnifique mobilier Louis-XIV recouvert de satin, ce coquin l'a fauché avec une irresponsabilité totale pour le coller dans ce crétin de bureau qui de toute façon sera fermé demain et envoyé aux cinq cents diables.

— Quel bureau ? demanda Korotkov d'une voix sourde.

— Oh ! les réclamations, ou quelque chose comme ça, répondit l'autre d'un ton maussade.

— Comment ? cria Korotkov. Comment ? Où est-il ?

— Là », répondit le maître de maison étonné en montrant du doigt le plancher. Korotkov promena une dernière fois des yeux fous sur le *kountouch* blanc, et l'instant d'après il était déjà dans le corridor. Après un court moment de réflexion, il partit vers la gauche en courant, à la recherche d'un escalier qui le mènerait en bas. Il courut cinq bonnes minutes en suivant les méandres capricieux du corridor, et au bout de cinq minutes se retrouva à l'endroit d'où il était parti. Devant la porte 40.

« Ah diable, non ! » cria-t-il ; il piétina un moment puis fila vers la droite, et cinq minutes après il était revenu au même endroit. Au 40. Il tira violemment la porte à lui, se rua dans la grande salle et constata qu'elle était vide. Seule la machine, sur la table, lui souriait silencieusement de toutes ses dents blanches. Korotkov courut vers la colonnade, et là il vit le maître des lieux, debout sur un piédestal. Il ne souriait plus et arborait un air offensé.

« Pardonnez-moi d'être parti sans prendre congé... » Il s'arrêta au milieu de sa phrase. Le maître de maison avait perdu une oreille et le nez, et son bras gauche était cassé. Korotkov recula, glacé de peur, et s'enfuit à nouveau dans le corridor. Une petite porte secrète qu'il n'avait pas remarquée s'ouvrit brusquement en face de lui, pour laisser passer une bonne femme ridée à la peau brune portant des seaux vides en équilibre sur une palanche. Il l'interpella d'une voix angoissée :

« Hé ! Vous ! La femme, là ! Où est le bureau ?

— J'sais pas, petit père, j'sais pas, not'maître et bienfaiteur, répondit la femme, mais arrête donc de courir, mon petit cœur, de toute manière tu trouveras pas. Comment veux-tu, y a neuf étages. »

« Hou... l'idiote... » gronda Korotkov entre

75

ses dents serrées, et il s'élança par la porte ouverte. Celle-ci claqua derrière son dos et il se retrouva dans un espace coupé de tout, sans issue et plongé dans la pénombre. À force de se jeter contre les murs et de s'abîmer les ongles comme un malheureux enseveli dans une mine, il finit par appuyer de tout son corps contre une tache blanche qui s'ouvrit pour le projeter dans un escalier. Il dévala celui-ci en martelant du talon chaque marche. Un bruit de pas qui venait d'en bas parvint à ses oreilles. Son cœur se serra d'inquiétude et d'angoisse, et il ralentit le rythme de sa course. Au bout d'un instant, il vit poindre la casquette brillante, puis apparurent la couverture grise et la longue barbe. Korotkov chancela et se retint des deux mains aux rampes. Leurs deux regards se croisèrent au même instant, et ils hurlèrent ensemble d'une même voix fluette, pleine d'effroi et de douleur. Korotkov commença à remonter à reculons, Kalsoner tourna les talons pour redescendre, éperonné par une peur incoercible.

Korotkov poussa un cri rauque.

« Arrêtez, un instant... si vous pouviez m'expliquer...

— À l'aide ! » rugit Kalsoner dont la voix fluette avait retrouvé son registre initial de basse cuivrée. Un faux pas le fit tomber bruyamment à la renverse, en plein sur la nuque ; le choc eut un effet immédiat. Métamorphosé en un gros chat noir aux yeux phosphorescents, il remonta l'escalier à toute vitesse, traversa le palier tel un éclair de velours puis se contracta en boule, sauta sur le rebord de la fenêtre et disparut à travers un carreau cassé garni de toiles d'araignée. Un voile blanc enveloppa un bref instant le cerveau de Korotkov mais se dissipa aussitôt, laissant place à une illumination extraordinaire.

« Je comprends tout, maintenant », murmura-t-il avec un petit rire, « ha ! ha ! Tout est clair. Des chats ! Voilà ce que c'est. Je comprends. Des chats. »

Il se mit à rire de plus en plus fort, d'un rire dont les éclats retentissants finirent par emplir tout l'escalier.

VIII

LA SECONDE NUIT

Au soir tombant, assis sur son couvre-lit, le camarade Korotkov but trois bouteilles de vin afin de tout oublier et de retrouver son calme. Toute la tête lui faisait mal maintenant : la tempe droite, la gauche, la nuque et même les paupières. Une légère nausée lui remontait du fond de l'estomac et faisait des vagues dans ses entrailles ; par deux fois le cam. Korotkov alla vomir dans sa cuvette.

« Voilà comment je vais faire », se dit-il faiblement, la tête penchée sur sa cuvette. « Demain j'essaierai de ne pas le rencontrer. Mais comme il se promène partout, eh bien ! j'attendrai qu'il soit passé. J'attendrai : dans une traverse ou dans une impasse. Et lui, tranquillement, il passera sans me voir. Mais s'il se lance à ma poursuite, je me sauverai. Lui, forcément, il renoncera. "Va ton chemin, je lui dirai. Et moi c'est fini, je renonce au Spimat. Tu peux te le garder. Si ça t'amuse d'être à la fois directeur et chef de bureau, grand bien te fasse, et je renonce aux frais de tramway. Je saurai m'en passer. Seulement, je t'en prie, laisse-moi tranquille. Chat ou pas chat, barbu ou pas barbu, tu restes de ton côté et moi du mien. Je me trouverai une autre place, une bonne place où j'aurai un travail paisible et sans histoire. Moi, je n'embête personne, et personne ne m'embête. Et je ne porterai pas plainte contre toi. Simplement, demain, je me fais faire des papiers, et après ça je tire un trait..." »

Une lointaine pendule commença à sonner l'heure. Bam... bam... « C'est chez les Pestroukhine », pensa Korotkov, et il commença à compter : « Dix... onze... minuit... 13, 14, 15... 40... »

« Quarante coups, elle a sonné quarante

coups, la pendule », constata-t-il avec un sourire amer ; puis il se remit à pleurer. Puis de nouveau un spasme douloureux lui tordit l'estomac et il vomit du vin de messe.

« Hou, là, là, il est fort, ce vin !... » et il s'abandonna sur son coussin en gémissant. Deux heures environ s'écoulèrent ; et la lampe qu'il n'avait pas éteinte éclairait son visage blême et ses cheveux en désordre sur l'oreiller.

IX

LES MACHINES
DE L'HORREUR

Le jour d'automne se leva étrange et flou pour le cam. Korotkov. Ce fut en scrutant les escaliers d'un œil apeuré qu'il monta au septième étage ; étant parti au hasard sur sa gauche, il tressaillit de joie à la vue d'une main dessinée qui lui désignait une pancarte : *Salles 302-349*. Obéissant au doigt de la main secourable, il arriva devant une porte marquée : *302. Bureau des réclamations*. Après s'être assuré d'un coup d'œil prudent qu'il n'y ferait pas de rencontre inopportune, il entra et se retrouva en face de sept femmes installées devant des machines à écrire. Après un court moment d'hésitation, il se dirigea vers celle du bout, qui avait la peau mate et bronzée, la salua poliment et ouvrit la bouche, mais la brune lui coupa brusquement la parole. Les regards de toutes les femmes convergèrent sur Korotkov.

« Sortons dans le couloir », dit la femme mate d'un ton tranchant en rectifiant nerveusement sa coiffure.

« Mon Dieu, ça recommence, encore... » pensa-t-il dans un éclair de détresse. Il reprit péniblement son souffle et obéit à l'injonction. Les six autres femmes se mirent à chuchoter avec passion dès qu'il eut le dos tourné.

La brune le fit sortir et lui dit dans la pénombre du couloir désert :

« Vous êtes terrible... À cause de vous je n'ai pas dormi de la nuit et j'ai pris une décision. Qu'il en soit selon votre désir. Je me donnerai à vous. »

Korotkov regarda le visage bronzé aux yeux immenses et au parfum de muguet, émit un vague son guttural et resta coi. La brune rejeta la tête en arrière, découvrit ses dents dans un douloureux sourire, prit les mains de Korotkov et l'attira à elle en chuchotant :

« Pourquoi ne me réponds-tu pas, séducteur ? Tu m'as conquise par ta vaillance, mon serpent. Embrasse-moi, embrasse-moi vite pendant qu'il n'y a personne de la commission de contrôle. »

De nouveau un son étrange sortit de la bouche de Korotkov. Il chancela, sentit sur ses lèvres un contact sucré et moelleux, et vit des pupilles énormes tout près de ses propres yeux.

« Je me donnerai à toi... » chuchota une voix tout près de sa bouche.

— Je ne demande rien, répondit-il d'une voix enrouée, on m'a volé mes papiers.

— Tiens, tiens », dit soudain quelqu'un derrière son dos. Il se retourna : c'était le vieux en lustrine.

La brune poussa un cri : « Ah-ah ! » et courut vers la porte en se cachant le visage dans les mains.

« Hi, bravo, fit le vieux. On ne peut pas faire un pas sans tomber sur vous, monsieur

Kolobkov. Vous, alors, vous n'avez pas froid aux yeux. Mais de toute façon, libre à vous d'embrasser ou non qui vous voudrez, ce n'est pas comme ça que vous décrocherez la mission. C'est à moi, le vieux, qu'elle a été confiée, c'est à moi d'y aller. Parfaitement, monsieur », conclut-il en montrant la figue à Korotkov de sa petite main sèche.

« Et je vous collerai un joli petit rapport sur le dos », reprit la lustrine d'un ton hargneux, « vous pouvez y compter. Non content d'en avoir défloré trois du service central, vous guignez les sous-sections, maintenant, à ce qu'il paraît ? Ça vous est égal de faire pleurer leurs anges gardiens ? Elles se lamentent, maintenant, les pauvrettes, mais hélas ! il est trop tard. La pureté virginale, on ne la retrouve jamais. Pour ça non. »

Le petit vieux tira un grand mouchoir parsemé de fleurs d'oranger, fondit en larmes et se moucha.

« Ça vous amuse, monsieur Kolobkov, d'arracher des mains d'un vieillard le peu qu'il a gratté en frais de déplacement ? Eh bien... » (le vieux tout secoué de sanglots laissa tomber sa serviette)... « prenez, servez-vous. Vous voulez qu'un vieil homme sans parti, sympathisant, meure de faim ?... Libre à lui, direz-vous. De toute façon, qu'est-ce qu'il a d'autre à attendre, le vieux chien. Toutefois rappelez-vous ceci, monsieur Kolobkov » (la voix du vieillard se fit prophétique et menaçante, s'enfla d'une envolée de cloches) : « vous ne l'emporterez pas en paradis, cet argent satanique. Il vous restera en travers de la gorge ! » et sur ces mots le vieillard éclata en sanglots tumultueux.

Korotkov eut une crise d'hystérie ; brusquement, avec une soudaineté dont il fut le premier surpris, il se mit à taper des pieds à toute vitesse.

« Va-t'en au diable ! » cria-t-il d'une voix frêle dont les accents douloureux se répercutèrent sous les voûtes. « Je ne suis pas Kolobkov. Fiche-moi la paix ! Je ne suis pas Kolobkov. Je n'irai pas ! Je n'irai pas ! »

Il tira sur son col pour l'arracher.

Les larmes du petit vieux se tarirent instantanément, il se mit à trembler de peur.

« Au suivant ! » coassa la porte. Korotkov cessa de crier, se précipita à l'intérieur, tourna à gauche, longea la rangée de machines et se retrouva devant un grand type blond, élégant, vêtu d'un costume bleu foncé, qui le salua de la tête et lui dit :

« Soyez bref, camarade. D'un mot. Sans tourner autour du pot. Poltava ou Irkoutsk ?

— On m'a volé mes papiers », répondit Korotkov aux cent coups, avec un regard de bête traquée. « Et puis un chat est apparu. Il n'en a pas le droit. Je ne me suis jamais battu de ma vie, ce sont les allumettes. Il n'a pas le droit de me poursuivre. Je m'en fiche qu'il s'appelle Kalsoner. On m'a volé mes pa...

— Aucune importance, répondit le bleu ; nous vous fournirons une tenue ainsi que des chemises et des draps. Et en plus, si c'est Irkoutsk, une pelisse de seconde main. Allons, au fait. »

D'un tour de clé mélodieux dans la serrure, il ouvrit son tiroir, jeta un coup d'œil dedans et dit aimablement :

« Sortez, je vous en prie, Sergueï Nikolaïevitch. »

Et aussitôt émergea du tiroir en bois de frêne une tête aux cheveux blond lin bien coiffés, avec des yeux bleus fureteurs. Ensuite vint un cou qui se déroula tel un serpent, puis un craquement de col amidonné, puis apparurent un veston, des bras, un pantalon et, l'instant d'après, un secrétaire au complet débarquait du tiroir sur le feutre rouge en piaulant : « Bonjour ». Il se secoua comme un chien sortant de l'eau, bondit sur ses pieds, renfonça ses manchettes, sortit de sa pochette une plume brevetée et se mit sans plus attendre à gratter du papier.

Korotkov chancela en arrière, tendit le bras et dit au bleu d'une voix plaintive :

« Regardez, regardez, il est sorti de la table. Mais qu'est-ce qui se passe ?...

— Et alors ? C'est normal, répondit le bleu ; il n'allait tout de même pas rester là-dedans toute la journée. C'est l'heure. C'est le moment. Question de chronométrage.

— Mais comment ? Comment ? tinta la voix de Korotkov.

— Pitié mon Dieu ! Ne traînons pas, camarade ! » s'écria le bleu à bout de patience.

La tête de la brune fit une brève apparition dans l'embrasure de la porte et lança d'une voix émue et joyeuse :

« J'ai déjà envoyé ses papiers à Poltava. Et je pars avec lui ; j'ai une tante à Poltava, par 43 degrés de latitude et 5 de longitude.

— Voilà qui est parfait, répondit le blond. Assez traîné comme ça, je commence à en avoir marre.

— Je ne veux pas ! » cria Korotkov en roulant des yeux égarés. « Elle voudra se donner à moi, et c'est quelque chose que je ne supporte pas. Je ne veux pas ! Rendez-moi mes papiers. Mon nom de famille qui m'est sacré. Restituez-le-moi !

— Camarade, cela concerne le bureau des mariages, ce n'est pas de notre ressort, piailla le secrétaire.

— Oh le bêta ! » s'exclama la brune en passant de nouveau la tête. « Accepte ! Accepte ! » Elle criait à voix basse comme font les souffleurs. Sa tête n'arrêtait pas d'apparaître et de disparaître.

« Camarade ! » sanglota Korotkov en se barbouillant le visage de larmes. « Camarade ! Je t'en supplie, donne-moi des papiers. Sois un frère. Fais cela, je t'en prie par toutes les fibres de mon âme, et tout de suite après je me retire dans un monastère.

— Camarade ! Pas d'hystérie. Déclarez concrètement et abstraitement, par écrit et de vive voix, d'urgence et sous le sceau du secret, ce que vous voulez : Poltava ou Irkoutsk. Ne me faites pas perdre de temps, je suis un homme occupé ! Défense de marcher dans les couloirs ! Défense de cracher ! Défense de fumer ! Nous ne faisons pas la monnaie ! » Le blond était complètement sorti de ses gonds, il criait d'une voix tonnante.

« Les poignées de main sont abolies ! Cocorico ! lança le secrétaire.

— Et vive les étreintes ! » chuchota la brune avec passion ; et elle traversa la pièce telle une brise légère, effleurant au passage le cou de Korotkov d'un parfum de muguet.

« Il est dit dans le treizième commandement : Tu n'entreras pas chez ton prochain sans être annoncé », mâchonna le vieux en lustrine avant de s'élever dans les airs en agitant les pans de sa pèlerine... « Non, non, je n'entre pas, sois tranquille, mais je t'enverrai quand même un papier, comme ça, tiens : ploc !... Tu peux signer n'importe lequel, de toute façon tu finiras sur le banc des accusés. » Il tira de sa large manche noire une liasse de feuilles blanches qui s'envolèrent de tous les côtés et allèrent se poser sur les tables comme des mouettes sur les rochers du rivage.

Un brouillard flottant emplit le bureau, et les fenêtres se mirent à vaciller.

« Camarade le blond ! » pleura Korotkov à bout de forces, « fusille-moi sur place, mais délivre-moi un papier, n'importe lequel. Je te baiserai la main. »

Le blond se mit à enfler et à grandir dans le brouillard, ce qui ne l'empêchait pas de signer à tour de bras les feuilles du vieillard sans s'arrêter une minute et de les jeter au secrétaire qui les attrapait au vol avec des gargouillements de joie.

« Au diable ! Qu'il aille au diable ! toni-trua le blond. Holà ! Les dactylos ! »

Il leva un bras énorme, le mur s'affaissa sous les yeux de Korotkov, et trente machi-nes, sur leurs tables, entamèrent un fox-trot endiablé à grand renfort de sonneries. Rou-lant des hanches, ondulant lascivement des épaules, leurs jambes crémeuses faisant voltiger autour d'elles une écume de blan-cheur, trente femmes s'avancèrent en défilé de parade et se mirent à tourner autour des tables.

Des serpents de papier blanc entrèrent dans les gueules des machines ; là, ils s'en-roulèrent, se découpèrent, s'assemblèrent pour donner un pantalon blanc à bandes violettes. « Le porteur de ce papier est bien le porteur et non un quelconque arna-queur. »

« Enfile ça ! tonna la voix du blond dans le brouillard.

— Hi-i-i-i-i », geignit Korotkov avec un filet de voix, et il entreprit de se cogner la tête contre le coin de la table du blond. Sa tête en fut un instant soulagée et un visage inconnu, tout inondé de larmes, passa devant ses yeux.

« De la valériane ! » cria quelqu'un, au niveau du plafond.

La pèlerine, tel un oiseau noir, lui cacha la lumière ; le vieillard chuchota d'un ton angoissé :

« Il n'y a plus qu'une voie de salut, il faut aller chez Dyrkine à la 5ᵉ section. Laissez passer ! Laissez passer ! »

Il y eut une odeur d'éther, puis des bras emportèrent tendrement Korotkov dans la pénombre du couloir. La pèlerine l'enveloppa et l'entraîna, chuchotante et ricanante :

« Ma foi, je les ai bien eus : avec ce que j'ai versé sur leurs tables, ils en ont chacun pour au moins cinq ans avec interdiction

sur le champ de bataille[1]. Laissez passer !
Laissez passer ! »

La pèlerine obliqua d'un coup d'aile ; un
souffle humide et venteux monta de la cage
qui s'enfonçait dans l'abîme.

---

1. Jeu de mots sur le double sens du mot *porajenié*
qui signifie à la fois « défaite » et « interdiction légale ».

X

LE TERRIBLE DYRKINE

La cabine vitrée entama sa chute, emportant vers le bas les deux Korotkov. Le principal et premier des deux oublia le second dans la glace de l'ascenseur et sortit seul dans la fraîcheur du hall. Un homme très gros et rose en haut-de-forme l'y accueillit par ces mots :

« Voilà qui est parfait. Eh bien ! je vous arrête. »

Korotkov éclata d'un rire satanique :

« On ne peut pas m'arrêter parce que je suis sans identité. Forcément. Je ne peux être ni arrêté ni marié. Et je n'irai pas à Poltava. »

Le gros homme frissonna de terreur, regarda Korotkov au fond des yeux puis s'éloigna de lui à reculons.

« Vas-y, arrête-moi ! » lui cria Korotkov d'une voix aiguë, et il lui tira une langue pâle et tremblante qui sentait la valériane. « Comment veux-tu m'arrêter si je n'ai que ça » (il lui fit la figue) « à te montrer en guise de papiers ? Qui sait, je m'appelle peut-être Hohenzollern.

— Seigneur Jésus... » Le gros homme se signa d'une main tremblante et vira du rose au jaune.

« Tu n'as pas vu Kalsoner dans le coin ? » lui demanda brutalement Korotkov en regardant autour de lui. « Réponds, gros lard.

— Non, monsieur, répondit le gros en passant du rose au grisâtre.

— Bon. Alors qu'est-ce qu'on fait, hein ?

— Il faut aller chez Dyrkine, je ne vois que ça, balbutia le gros homme, c'est la meilleure solution. Mais il est terrible. Hou là ! oui alors. Mieux vaut ne pas s'y frotter. Il en a déjà envoyé bouler deux depuis là-haut. Il vient de casser son téléphone.

— D'accord. » Korotkov cracha par terre d'un air faraud et ajouta : « Au point où nous en sommes... Allez, monte-moi !

— Attention à votre jambe, camarade accrédité », dit tendrement le gros en ouvrant pour Korotkov la porte de l'ascenseur.

Sur le dernier palier il y avait un petit jeune d'environ seize ans, qui lança un cri terrible :

« Où vas-tu ? Stop !

— Non, ne cogne pas, petit oncle ! » dit le gros homme en se faisant tout petit et en se cachant la figure dans les mains, « nous allons chez Dyrkine.

— Bon, vas-y », cria le petit jeune.

Le gros homme chuchota :

« Allez-y, vous, Excellence, moi je vous attendrai ici, sur ce banc. J'ai bien trop peur... »

Korotkov traversa une antichambre obscure puis une grande salle déserte dont le sol était garni d'un tapis bleu clair usé jusqu'à la corde.

Arrivé devant une porte marquée *Dyrkine*, il hésita une seconde puis se décida ; le cabinet où il pénétra était confortablement meublé, avec un énorme bureau couleur framboise et une pendule accrochée au mur. Dyrkine, un petit homme rondouillard, se dressa comme un ressort derrière sa table et rugit, les moustaches pointées en avant « T-taisez-vous !... » alors que Korotkov n'avait pas encore dit un mot.

Au même instant, un pâle jouvenceau entra dans la pièce, une serviette sous le bras. Aussitôt le visage de Dyrkine se plissa tout entier dans un large sourire.

« A-ah ! Arthur Arthurytch ! s'écria-t-il d'un ton suave. Très honoré.

— Dis-donc, Dyrkine », fit le jouvenceau d'une voix métallique, « c'est toi qui as écrit à Pouzyriov que j'aurais soi-disant imposé ma dictature personnelle à la caisse de retraite et que j'aurais étouffé l'argent des cotisations de mai ? C'est toi ? Réponds, sale canaille.

— Moi ?... moi ? Arthur Diktaturytch... » balbutia Dyrkine en se muant par enchantement de Dyrkine le Terrible en Dyrkine Bonne-Pâte. « Vous pensez bien que je... Vous vous trompez...

— Ah ! fripouille, fripouille que tu es »,
martela le jouvenceau ; il secoua la tête et,
levant sa serviette, en donna un grand coup
à Dyrkine sur l'oreille, comme il aurait
balancé une crêpe dans une assiette.

Korotkov laissa échapper un « aïe » invo-
lontaire et se figea sur place.

« C'est la même chose qui t'attend, et
pareil pour tous les gredins qui se permet-
tront de fourrer leur nez dans mes affaires »,
dit le jouvenceau d'un ton éloquent ; et
avant de sortir il leva son poing rouge
dans la direction de Korotkov en manière
d'adieu.

Pendant près de deux minutes, le silence
régna dans le cabinet ; seules tintèrent les
pendeloques des candélabres au passage
d'un camion, en bas dans la rue.

« Vous voyez, jeune homme », dit le bon
Dyrkine, le Dyrkine humilié, avec un sourire
amer, « voilà comment on est récompensé
de son zèle. On passe des nuits sans sommeil, on se prive de manger, de boire, et le
résultat est toujours le même : on en prend

plein la gueule. Mais vous-même, vous êtes peut-être venu ici dans la même intention ? Eh bien... frappez-moi, frappez Dyrkine. Il a sûrement la gueule de l'emploi. Ça vous fait peut-être mal à la main ? Dans ce cas prenez un candélabre. »

Et Dyrkine, tentateur, avança ses grosses joues au-dessus de son bureau. Korotkov, sans comprendre, grimaça un sourire gêné, prit un candélabre par le pied et en fracassa les bougies sur la tête de Dyrkine. Des gouttes de sang tombèrent du nez de ce dernier sur le tapis de table, et il s'enfuit par une porte intérieure en criant : « À moi ! »

« Cou-cou ! » cria joyeusement un coucou des bois en jaillissant du petit chalet de Nuremberg bariolé qui était accroché au mur.

« Ku-klux-clan ! » s'écria-t-il, soudain métamorphosé en crâne chauve. « Nous prendrons note de la façon dont vous massacrez les travailleurs ! »

La rage s'empara de Korotkov. Il brandit le candélabre et en assena un coup sur la pendule. Celle-ci répondit par un grand bruit et par les étincelles de ses aiguilles dorées. Kalsoner jaillit de la pendule, se métamorphosa en un coq blanc étiqueté *Courrier au départ* et franchit la porte d'un saut. À ce moment, derrière la porte intérieure, un hurlement de Dyrkine retentit : « Attrapez-le, le brigand ! » et des pas lourds affluèrent de tous les côtés. Korotkov tourna les talons et prit la fuite.

XI

COURSE-POURSUITE
DE CINÉMA, PUIS L'ABÎME

Le gros homme qui attendait sur le palier sauta dans la cabine, tira les grilles sur lui et dégringola en bas ; cependant, par le vaste escalier rongé dévalaient dans l'ordre : le haut-de-forme noir du gros homme, puis le coq blanc au départ, puis le candélabre, qui passa à un pouce au-dessus de la tête blanche et pointue du volatile, puis Korotkov, le jeune de seize ans un revolver à la main, et pour finir plusieurs individus martelant le sol de leurs bottes ferrées. L'escalier émit un gémissement de bronze et les portes, sur les paliers, se fermèrent avec des claquements d'alarme.

Quelqu'un se pencha du haut de l'étage supérieur et cria dans un porte-voix :

« C'est quelle section qui déménage ? Le coffre-fort a été oublié ! »

Une voix de femme lui répondit d'en bas :

« Les bandits ! ! »

Korotkov, dépassant le haut-de-forme et le candélabre, fut le premier à franchir d'un bond l'immense porte et, après avoir aspiré un énorme bol d'air chauffé à blanc, il s'élança dans la rue à corps perdu. Le coq blanc rentra sous terre, laissant derrière lui une odeur de soufre ; la pèlerine noire se matérialisa dans les airs et se mit à voleter à côté de Korotkov ; elle criait d'une voix frêle et perçante :

« On attaque les gars des corporations, camarades ! »

Sur le passage de Korotkov, les gens obliquaient sur les côtés, s'engouffraient sous les porches, des coups de sifflets brefs montaient et s'éteignaient. Quelqu'un hurla comme un forcené : « Taïaut ! Vélaut ! » et des cris rauques, affolés, s'élevaient de plus en plus nombreux : « Attrapez-le ! » Des stores s'abaissaient dans un fracas saccadé de ferraille, et une espèce de boiteux, assis sur les rails du tramway, sifflait : « C'est parti ! »

Des coups de feu rapprochés poursuivaient maintenant Korotkov avec un bruit joyeux de pétards de Noël, et des balles fusaient tantôt à côté de lui, tantôt au-dessus. Les poumons grondant comme des soufflets de forge, il fila tout droit vers un immeuble géant de dix étages dont un côté donnait sur la rue principale et la façade sur une ruelle. Juste à l'angle, une enseigne de verre *Restoran i Pivo* se fêla en étoile, et un cocher entre deux âges tomba de son siège assis sur la chaussée ; il lâcha d'un ton excédé :

« Bravo, les gars ! Alors comme ça on tire sur n'importe qui, à ce qu'il paraît ?... »

Un homme déboucha de la ruelle au pas de course et fit une tentative pour saisir Korotkov par le pan de son veston : le pan lui resta dans les mains. Korotkov tourna dans la ruelle, parcourut au vol quelques sajenes et atterrit dans l'espace tout en glaces d'un grand hall. Un gamin en livrée galonnée à boutons dorés, qui était posté à

103

côté de l'ascenseur, sursauta et fondit en larmes.

« Monte, l'oncle, monte ! Mais, s'il te plaît, ne frappe pas un orphelin ! » dit-il à Korotkov en sanglotant.

Korotkov se jeta dans la caisse de l'ascenseur, s'assit sur la banquette verte en face de l'autre Korotkov, et haleta comme un poisson hors de l'eau. Le gamin entra derrière lui en reniflant, ferma la porte, saisit le cordon, et l'ascenseur prit son essor. Et tout de suite, en bas dans le hall, des coups de feu claquèrent et les portes vitrées tournèrent sur leurs gonds.

L'ascenseur poursuivait sa course molle et chavirante vers le haut ; le gamin rassuré s'essuyait le nez d'une main et de l'autre tirait le cordon.

« Tu as volé de l'argent, petit oncle ? » demanda-t-il, curieux, en observant Korotkov qui était en piteux état. Celui-ci lui répondit en respirant avec peine :

« Nous... attaquons... Kalsoner, mais il est passé à l'assaut...

— Le mieux pour toi, petit oncle, ça serait de monter tout en haut, là où sont les salles de billard, conseilla le gamin. En haut, sur le toit, tu pourras soutenir le siège, si tu as un mauser.

— D'accord, montons », acquiesça Korotkov.

Une minute plus tard, l'ascenseur s'arrêtait en douceur ; le gamin ouvrit tout grand les portes et dit en reniflant :

« Sors de là, petit oncle, et file sur le toit. »

Korotkov sauta dehors, inspecta les alentours et tendit l'oreille. D'en bas montait un grondement de plus en plus fort, et à côté de lui il entendait un bruit de boules d'ivoire entrechoquées, au-delà d'une cloison vitrée derrière laquelle se profilaient des visages inquiets. Le gamin se coula dans l'ascenseur, s'y enferma et partit vers le bas.

Ayant inspecté les positions d'un regard d'aigle, Korotkov n'hésita qu'une seconde et se jeta dans la salle de billard en poussant ce cri martial : « En avant ! » Des surfaces vertes avec leurs billes blanches et luisantes lui sautèrent aux yeux, ainsi que des visages blêmes. En bas, tout près, le claquement d'un coup de feu renvoya un écho assourdissant accompagné d'un grand bruit de vitres cassées. Comme à un signal donné, les joueurs abandonnèrent leurs queues et se précipitèrent en file indienne, dans un grand bruit de pieds, vers une porte latérale. Rapide comme l'éclair, Korotkov ferma celle-ci au crochet derrière leur dos, verrouilla bruyamment la porte d'entrée vitrée qui donnait accès, depuis l'escalier, à la salle de billard, et se munit prestement de billes d'ivoire. Quelques secondes s'écoulèrent puis, à côté de l'ascenseur, une première tête fit son apparition derrière la vitre. La bille, partie des mains de Korotkov, traversa la vitre en sifflant, et la tête disparut aussitôt. Un éclair pâle fulgura à sa place, et une deuxième, puis une troisième tête apparurent à leur tour. Les billes se succédèrent sans interruption et les vitres de la cloison volèrent en éclats les unes après les autres. Un grand roulement de pieds emplit l'escalier et, comme pour lui donner la réplique, une mitrailleuse, avec un bruit assourdissant de machine à coudre Singer, se mit à vrombir au point d'ébranler tout l'immeuble. Vitres et châssis se détachèrent d'un coup en haut de la cloison comme tranchés au couteau, et un nuage de poussière de plâtre envahit la salle de billard.

Korotkov comprit que sa position était intenable. Il prit son élan, se protégeant la tête de ses bras, et enfonça à coups de pied une troisième paroi vitrée au-delà de laquelle s'étendait le toit plat, bitumé, de l'immeuble géant. La paroi se brisa et tomba en morceaux. Sous le tir rageur de la mitrailleuse, Korotkov réussit à jeter sur le toit cinq fois trois billes qui s'en allèrent rouler sur le bitume comme des têtes coupées. Il bondit à leur suite... et fort à propos, car la mitrailleuse, visant plus bas, venait de trancher la partie inférieure du châssis.

Des cris : « Rends-toi ! » parvinrent confusément à ses oreilles.

D'un seul coup, il eut le soleil rachitique

juste au-dessus de lui, découvrit un ciel pâlot, une petite brise et le bitume gelé. En bas, dehors, la ville se manifesta par un grondement d'inquiétude assourdi. Korotkov sautilla sur l'asphalte, se retourna, ramassa trois billes, rejoignit d'un bond le parapet, monta dessus et regarda en bas. La vision lui coupa le souffle. Les toits gris des maisons paraissaient aplatis et tout petits, sur la place allaient et venaient des tramways et des gens comme des insectes ; et tout de suite Korotkov distingua dans l'entaille de la ruelle un ballet de petites silhouettes grises en train de progresser vers l'entrée de l'immeuble, et derrière elles un lourd jouet mécanique parsemé de petites têtes brillantes et dorées.

« Je suis cerné ! cria-t-il affolé. Les pompiers ! »

Il se pencha au-dessus du parapet, visa soigneusement, et lança l'une après l'autre ses trois billes. Elles tournoyèrent puis plongèrent vers le bas en décrivant un arc de cercle. Korotkov ramassa trois nouvelles billes, remonta sur le parapet et les lança, elles aussi, de toutes ses forces. Les billes étincelèrent comme de l'argent puis, un peu plus bas, prirent une teinte noire, puis brillèrent de nouveau et disparurent. Korotkov eut l'impression que les insectes couraient maintenant, affolés, sur la place inondée de soleil. Il se pencha pour ramasser un nouveau chargement de munitions mais n'en eut pas le temps. Dans un craquement et un fracas ininterrompu de verre brisé, des gens venaient d'apparaître dans la brèche de la salle de billard. Ils s'éparpillaient comme des pois à mesure qu'ils sautaient sur le toit : des casquettes grises, des capotes grises et, passant à travers la vitre du haut sans toucher terre, le petit vieux en lustrine. Puis la paroi s'effondra complètement et Kalsoner apparut menaçant, monté sur des patins à roulettes, le terrible Kalsoner glabre : il était armé d'un mousquet à l'ancienne.

« Rends-toi ! » hurla-t-on devant, derrière Korotkov et au-dessus de lui ; et tout cela

109

fut recouvert par l'insupportable voix de basse, la voix de casserole assourdissante.

« C'en est fait, c'en est fait, cria faiblement Korotkov. La bataille est perdue. Ta-ta-ta ! » ajouta-t-il, imitant avec les lèvres la sonnerie de la retraite.

D'un seul coup, l'audace de la mort s'empara de lui. Il escalada, s'agrippant et se rétablissant tour à tour, un des piliers du parapet, s'y balança, se redressa de toute sa taille et cria :

« Mieux vaut la mort que la honte ! »

Ses poursuivants étaient à deux pas. Déjà Korotkov voyait leurs bras tendus et la bouche de Kalsoner crachant le feu. L'abîme du soleil l'attira si fort qu'il en eut la gorge serrée. Poussant un cri perçant, un cri de victoire, il fléchit les genoux et s'envola dans le ciel. Aussitôt il eut le souffle coupé. Vaguement, très vaguement, il vit une chose grise percée de trous noirs s'envoler vers le haut à côté de lui, comme soufflée par une explosion. Puis il vit très nettement que la chose grise était retombée alors que lui-même était remonté vers la fente étroite de la ruelle qui se trouvait maintenant au-dessus de lui. Puis un soleil couleur de sang éclata dans sa tête, et ce fut tout, il ne vit plus rien.

I.	L'événement du 20	9
II.	Les produits de la firme	13
III.	Apparition du chauve	19
IV.	Paragraphe I : Korotkov est viré	28
V.	Un tour diabolique	37
VI.	La première nuit	51
VII.	L'orgue et le chat	55
VIII.	La seconde nuit	78
IX.	Les machines de l'horreur	81
X.	Le terrible Dyrkine	94
XI.	Course-poursuite de cinéma, puis l'abîme	101

Composition Nord Compo
Impression Novoprint
à Barcelone, le 18 janvier 2005
Dépôt légal: janvier 2005
Premier dépôt légal dans la collection: décembre 2003
ISBN 2-07-031281-X./Imprimé en Espagne.

135602